For my sons, Maxton and Bronx, who
inspire me to dream big every day.
For my husband, Enrique.
Siempre estás en mi corazón.

–LOB

Cielito Lindo Books, LLC
1809 S Street, Suite 101-192
Sacramento, CA 95811

www.CielitoLindoBooks.com

Mr. Macaw Lost in the Big City
El Sr. Macaw perdido en la gran ciudad

Text Copyright © 2023 by Leticia Ordaz
Illustrations Copyright © 2023 by Yana Popova
Book Design: Katie Weaver

First Edition

Library of Congress Control Number: 2022911216
ISBN: 978-1-956617-00-9

This adventure belongs to:

Esta aventura pertenece a:

Written by **Leticia Ordaz**

Illustrated by **Yana Popova**

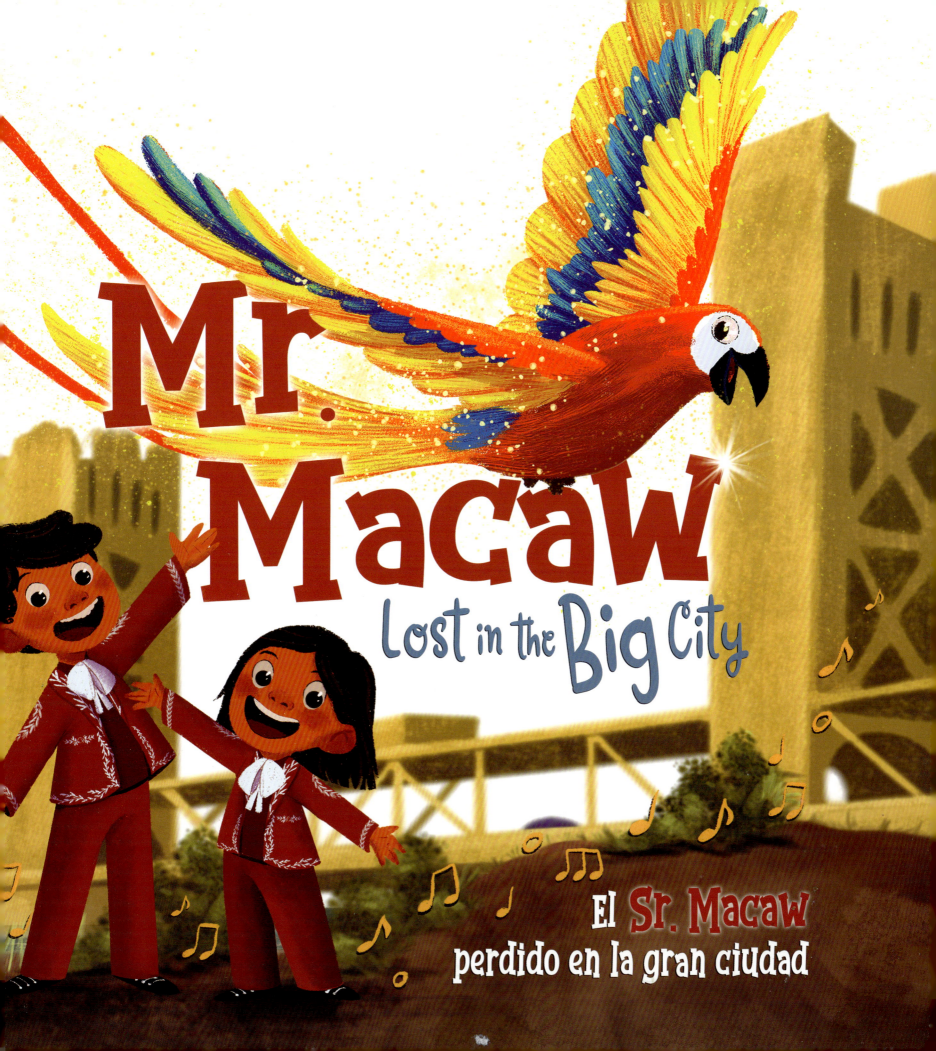

Mr. Macaw
Lost in the Big City

El **Sr. Macaw**
perdido en la gran ciudad

Leaving Abuelito's house on the last day of summer vacation felt like a cozy blanket was being yanked away. Maxton and Bronx enjoyed their last few moments in Mexico by singing with their best friend, Mister Macaw.

Tener que irse de la casita de Abuelito el último día de vacaciones de verano era como si te estuvieran arrancando una cobija calientita. Maxton y Bronx disfrutaron de sus últimos momentos en México cantando con su mejor amigo, el Señor Macaw.

Canta Ay, ay, ay, ay... Canta y no llores porque cantando se alegran, cielito lindo, los corazones.

The boys flew Abuelito's MAGICAL kite to remember their grandpa who had passed away four years earlier.

"*Cielito lindo* makes my heart happy," said Maxton. "Remember how Abuelito Kiki would sing it to cheer us up?"

Maxton hugged the kite and told him, "I don't want to leave without you!"

Mami smiled. "We are flying home to California. Mr. Macaw belongs here, in Mexico."

"It's been a wonderful visit," said Papi, "but summer vacation must come to an end."

Los niños volaron el papalote MÁGICO de Abuelito para recordarlo. Él había fallecido hacía cuatro años.

"*Cielito lindo* me alegra el corazón", dijo Maxton. "¿Recuerdas que el abuelito Kiki cantaba la canción para animarnos?".

Maxton abrazó al papalote y le dijo: "¡No quiero irme sin ti!".

Mami sonrió. "Vamos a volver a nuestra casa en California. El lugar del Sr. Macaw está aquí, en México".

"Ha sido un viaje maravilloso", dijo Papi, "pero las vacaciones de verano siempre tienen un fin".

The boys ran to their bedroom,
slamming the door.

WHAM!

"*Mr. Macaw* can't stay in Mexico. He's
MAGICAL! He survived a tropical storm!
Abuelito Kiki said he would watch over us
through *Mr. Macaw*," said Bronx.

Maxton agreed.
"*Mr. Macaw* should
fly every day, not
just when
we visit."

"SQUAWK!"
said *Mr. Macaw*.

Los niños corrieron a su cuarto y cerraron la puerta con fuerza. ¡ZAS!

"El Sr. Macaw no puede quedarse en México. ¡Él es MÁGICO! ¡Sobrevivió a una tormenta tropical! Abuelito Kiki dijo que nos cuidaría a través del Sr. Macaw", dijo Bronx.

Maxton estuvo de acuerdo. "El Sr. Macaw debe volar todos los días, no solo cuando lo visitamos".

"¡CRUAC!", dijo el Sr. Macaw.

Maxton stomped his foot.
"Mr. Macaw belongs with us!"

"We always feel Abuelito's presence when Mr. Macaw is with us," said Bronx.

"SQUAWK!"
Mr. Macaw rose from the bed.
"You're right. Abuelito's spirit lives inside me. Let's go to California!"

Maxton dio un fuerte golpe con el pie sobre el piso. "¡El Sr. Macaw es nuestro!".

"Siempre sentimos la presencia de Abuelito cuando el Sr. Macaw está con nosotros", dijo Bronx.

"¡CRUAC!".
El Sr. Macaw se levantó de la cama. "Tienen razón. El espíritu de Abuelito vive dentro de mí. ¡Vamos al norte!".

"Let's hide you in our suitcase!"
Bronx blurted out.

"We can sneak you on the
plane and surprise Mami and Papi
when we get home."

"¡Vamos a esconderte en nuestra maleta!",
soltó Bronx.

"Podemos esconderte en el avión
y sorprender a Mami y Papi cuando
lleguemos a casa".

The boys carefully hid Mr. Macaw in the GIANT green suitcase and zipped it up before their parents could see.

Los niños escondieron con cuidado al Sr. Macaw en la GIGANTE maleta verde y la abrocharon antes de que sus padres pudieran verlos.

"Let's go say goodbye to Mr. Macaw," said Papi. The boys looked at each other in PANIC.

"We already said goodbye!" said Bronx. "Our MAGICAL kite is sleeping. We don't want to make going home even harder."

"Vamos a despedirnos del Sr. Macaw", dijo Papi.

Los chicos se miraron con PÁNICO. "¡Ya nos despedimos!", dijo Bronx. "Nuestro papalote MÁGICO está durmiendo. No queremos que volver a casa sea todavía más difícil".

Mami whispered, "Hasta luego, Mr. Macaw. We'll see you next summer and fly you once again."

A tear rolled down Papi's cheek.

"I've been flying Mr. Macaw with my Papi —your Abuelito Kiki— since I was a kid...

Mami dijo en voz bajita: "Hasta luego, Sr. Macaw. Nos vemos el próximo verano y te haremos volar nuevamente".

Papi dejó caer una lágrima.

"He volado al Sr. Macaw con mi Papi —su abuelito Kiki— desde que yo era un niño...

... When I was eight years old, Papi took me to a fair. I ran across the street without looking. Suddenly, Mr. Macaw swooped down and stopped a bus from hitting me."

Bronx shook his head. "Papi, you always have to look both ways before crossing the street."

"You're lucky that Mr. Macaw protected you," said Maxton.

"He protects all of us," said Papi.

... Cuando tenía ocho años, Papi me llevó a una feria. Crucé la calle sin mirar. De repente, el Sr. Macaw se abalanzó y evitó que un autobús me atropellara".

Bronx movió la cabeza. "Papi, siempre tienes que mirar a ambos lados antes de cruzar la calle".

"Tuviste suerte de que el Sr. Macaw te protegiera", dijo Maxton.

"Él nos protege a todos", dijo Papi.

At the Sacramento Airport, Maxton jumped up to catch the green suitcase with Mr. Macaw inside.

En el aeropuerto de Sacramento, Maxton saltó para agarrar la maleta verde que tenía al Sr. Macaw adentro.

When they got home,
Bronx said, "Hurry, Maxton! Let's free
Mr. Macaw before Mami and Papi walk in."

"WHAT?! This isn't ours! There's been a terrible mix-up."

"Where
is
Mr. Macaw?"

Cuando llegaron a casa, Bronx dijo: "¡Date prisa, Maxton!
Hay que sacar al Sr. Macaw antes de que Mami y Papi entren".

"¡¿QUÉ?! ¡Esto no es nuestro! Ha habido una confusión terrible".

"¿Dónde está el Sr. Macaw?".

Elsewhere in Sacramento, Mr. Macaw peeked out of the green suitcase.

"SQUAWK! ... Niños... GET ME OUT!"

Seven-year-old Ariana yanked Mr. Macaw out. "Are you a MAGICAL kite?" she asked. "You are going to be my new best friend!"

En otro lugar en Sacramento, el Sr. Macaw se asomó de la maleta verde.

"¡CRUAC! ... Niños... ¡SÁQUENME!".

Ariana, una niña de siete años, sacó al Sr. Macaw. "¿Eres un papalote MÁGICO?", preguntó. "¡Serás mi nuevo mejor amigo!".

"**SQUAWK!** I'm Mr. Macaw! You must help get me back to my amigos, Maxton and Bronx."

"**¡CRUAC!** ¡Soy el Sr. Macaw! Debes ayudarme a regresar con mis amigos, Maxton y Bronx".

Ariana put her hands on her hips. "Not so fast! Finders keepers!

You're MY special kite now."

"**SQUAWK!** No, no, no, I need to find my friends!"

Ariana puso las manos sobre las caderas. "¡No tan rápido! ¡El que encuentra se lo queda!

Ahora eres MI papalote especial".

"**¡CRUAC!** ¡No, no, no! ¡Yo debo encontrar a mis amigos!".

"You will have so much fun with me that you'll forget about those boys."

"SQUAWK! Okay, fly me high in the sky!"

"You got it!"
Ariana yelled.

But Mr. Macaw didn't stay with Ariana for long.
He quickly escaped in a strong gust of wind.

"SQUAWK!
Adiós, niña."

"Te vas a divertir tanto conmigo que
te olvidarás de esos chicos".

"¡CRUAC! Está bien. ¡Haz que vuele
alto en el cielo!".

"¡Bueno pues!",
gritó Ariana.

Pero el Sr. Macaw no se quedó con
Ariana por mucho tiempo. Aprovechó un
viento fuerte para escaparse.

"¡CRUAC!
Adiós, niña".

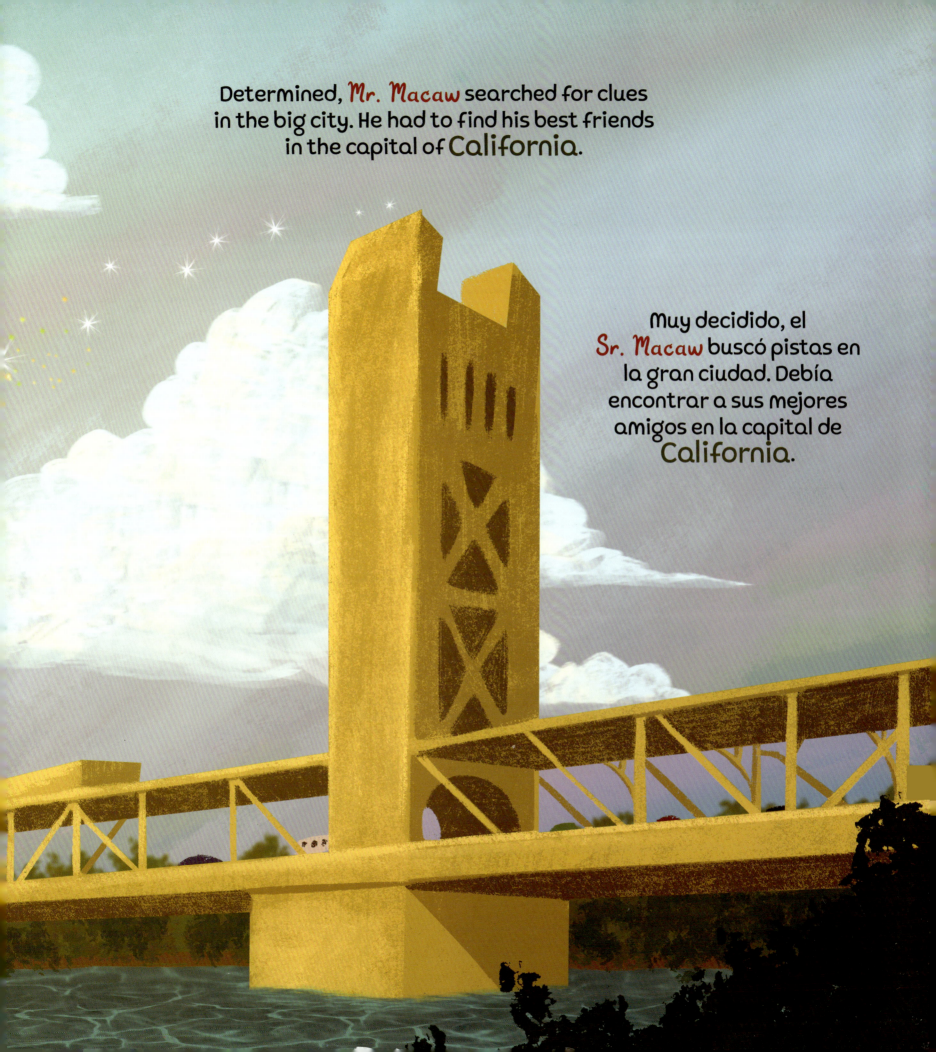

Determined, Mr. Macaw searched for clues in the big city. He had to find his best friends in the capital of California.

Muy decidido, el Sr. Macaw buscó pistas en la gran ciudad. Debía encontrar a sus mejores amigos en la capital de California.

Back at home, Maxton and Bronx made a plan.

"Mami and Papi, we have to find Mr. Macaw!" Maxton blurted out. "We brought Mr. Macaw on the airplane, but he didn't make it home with us."

"What? How?" asked Papi.

"Explain later. **We have to find him!**" said Mami. "LET'S GO!"

Una vez en casa, Maxton y Bronx armaron un plan.

"¡Mami y Papi, tenemos que encontrar al *Sr. Macaw*!", soltó Maxton. "Trajimos al *Sr. Macaw* en el avión, pero no llegó a casa con nosotros".

"¿Qué? ¿Cómo?", preguntó Papi.

"Explíquennos luego. **¡Ahora tenemos que encontrarlo!**", dijo Mami.

"¡VÁMONOS!".

Maxton and Bronx ran to Old Sacramento with a picture in their hands. "Mr. Motecuzoma, have you seen *Mr. Macaw*?"

"*¡Sí, niños!* He was looking for you earlier. I gave him a heart necklace to remind him that home is where the heart is. He was hungry so I sent him to the bakery."

Maxton y Bronx corrieron a Viejo Sacramento con una foto en sus manos. "Señor Motecuzoma, ¿ha visto al *Sr. Macaw*?".

"¡Sí, niños! Él los estaba buscando hace un rato. Le di un collar con un corazón para recordarle que el hogar es donde está el corazón. Tenía hambre, así que lo mandé a la panadería".

The boys ran to Señora Maggie's Panadería. She was selling her famous pan dulce to a long line of customers.

"Excuse me! Have you seen our **MAGICAL** kite?"

"Yes, he flew in and asked about you!" said Señora Maggie. "I gave him a pink conchita. Some traditional comfort food always helps when we miss the taste of home."

Los chicos corrieron a Señora Maggie's Panadería. La Sra. Maggie estaba vendiendo su famoso pan dulce a una larga fila de personas.

"¡Disculpa! ¿Has visto a nuestro papalote **MÁGICO**?".

"¡Sí! ¡Entró volando y preguntó por ustedes!", dijo la Sra. Maggie. "Le di una conchita rosa. La comida tradicional siempre ayuda cuando extrañamos los sabores de nuestra casa".

Mr. Macaw swooped down towards a mariachi band playing familiar Mexican songs.

"I need to find my best friends, Maxton and Bronx. Their favorite song is *Cielito lindo*. Their Abuelito used to sing it to cheer them up.

Can we sing it together? Maybe if we sing it loud enough, they will hear us!"

El Sr. Macaw se abalanzó hacia una banda de mariachis que estaba tocando canciones mexicanas populares.

"Debo encontrar a mis mejores amigos, Maxton y Bronx. Su canción favorita es *Cielito lindo*. Su Abuelito la cantaba para animarlos.

¿Podemos cantarla juntos? Tal vez si la cantamos muy fuerte, ¡nos escucharán!".

From a distance, Maxton and Bronx heard Mr. Macaw and Mariachi Bonitas singing...

Desde lejos, Maxton y Bronx escucharon al Sr. Macaw y a Mariachi Bonitas cantando...

The boys rushed to the plaza and to Mr. Macaw. They joined in the song, crying tears of joy.

Los niños fueron corriendo hasta la plaza donde estaba el Sr. Macaw. Se unieron al canto, con lágrimas de alegría.

This time they belted out:

"Ay, ay, ay, ay, we found Mr. Macaw."

Esta vez cantaron
a viva voz:
"Ay, ay, ay, ay, encontramos al Sr. Macaw".

"We're so sorry!" the boys sobbed. Maxton wiped away tears.

We shouldn't have taken Mr. Macaw away from Abuelito's village without permission."

"But he found us!" said Bronx. "He really is **MAGICAL**!"

"¡Lo sentimos mucho!", lloraron los niños. Maxton se secó las lágrimas.

"No deberíamos haber sacado al Sr. Macaw del pueblo de Abuelito sin permiso".

"¡Pero él nos encontró!", dijo Bronx."¡Realmente es **MÁGICO**!".

Then **Mr. Macaw** spoke in Abuelito's voice.

"Our souls are connected, my **cielitos lindos**. As long as you remember me, my spirit will live on. We will always be together in our **hearts**."

"We know you are near us, Abuelito Kiki," said Bronx. Maxton sighed. "We promise to love and remember you forever."

The whole family joined in a group hug, knowing how lucky they were to share a special bond with **Mr. Macaw**.

Entonces, el **Sr. Macaw** habló con la voz de Abuelito.

"Nuestras almas están conectadas, mis **cielitos lindos**. Mientras me recuerden, mi espíritu seguirá viviendo. Nuestros **corazones** estarán siempre unidos".

"Sabemos que estás cerca de nosotros, abuelito Kiki", dijo Bronx. Maxton suspiró. "Prometemos amarte y recordarte para siempre".

Toda la familia se unió en un abrazo, sabiendo lo afortunados que eran de tener esta conexión especial con el **Sr. Macaw**.

Cielito lindo

De la Sierra Morena,
cielito lindo, vienen bajando
un par de ojitos negros,
cielito lindo, de contrabando.

Ay, ay, ay, ay...
Canta y no llores
porque cantando se alegran,
cielito lindo, los corazones.

Ese lunar que tienes,
cielito lindo, junto a la boca,
no se lo des a nadie,
cielito lindo, que a mí me toca.

Cielito lindo is a traditional and beloved Mexican song originally written in 1882.

Cielito lindo es una canción tradicional y muy querida de México escrita originalmente en 1882.

Author's Note

The story of two brothers and their abuelito's magical kite is a homage to the ones we love forever in our hearts even when they go to heaven. It's about the special memories, cultural songs, and traditions that bind us with our grandparents.

In real life, my sons Maxton and Bronx never had the chance to meet their Abuelito Kiki. Through the stories we tell, they see how special he was and how proud he would have been of their kind hearts.

The popular Mexican song *Cielito lindo* is prominently featured in the book because it holds a special place in my family's hearts. My parents and grandparents would sing it to me growing up. The lyrics mean sing, don't cry because singing makes our hearts happy.

Ay, ay, ay, ay...
Canta y no llores
porque cantando se alegran,
cielito lindo, los corazones.

It's a song my own children know by heart. We sing it often as a family.

It's a tradition they promise to continue with their own children one day. The song brings us immense pride in our Mexican culture. We will keep belting it out at parties, in the car, and when we are home enjoying a warm meal. I hope *Mr. Macaw Lost in the Big City* shows that love isn't lost when the unexpected happens. Love continues to blossom in our hearts.

Maxton and Bronx's
Abuelito Kiki

Mr. Macaw forms a giant heart after a storm in Mexico!

Nota de la autora

La historia de dos hermanos y el papolote mágico de su abuelito es un homenaje a los que queremos para siempre en nuestros corazones, incluso cuando se van al cielo. Se trata de los recuerdos especiales, las canciones de nuestras culturas y las tradiciones que nos unen con nuestros abuelitos.

En la vida real, mis hijos Maxton y Bronx nunca tuvieron la oportunidad de conocer a su abuelito Kiki. A través de las historias que contamos, ven lo especial que era y lo orgulloso que habría estado de sus grandes corazones.

La famosa canción mexicana *Cielito lindo* aparece por todo el libro porque tiene un lugar especial en los corazones de mi familia. Mis padres y abuelitos me la cantaban mientras crecía. La letra dice que hay que cantar y no llorar, porque el canto alegra nuestros corazones.

Ay, ay, ay, ay...
Canta y no llores
porque cantando se alegran,
cielito lindo, los corazones.

Es una canción que mis propios hijos se saben de memoria. La cantamos mucho en familia.

Es una tradición que ellos prometen continuar con sus propios hijos algún día. La canción nos provoca un inmenso orgullo por nuestra cultura mexicana. Seguiremos cantándola con todas nuestras fuerzas en las fiestas, en el carro y cuando estemos en casa disfrutando de una comida rica. Espero que *El Sr. Macaw perdido en la gran ciudad* demuestre que el amor no se pierde cuando sucede lo inesperado. El amor sigue floreciendo en nuestros corazones.

Maxton with the real
Mr. Macaw in Mexico!

Maxton and Bronx
with Mr. Macaw